HANDLETTERING DOE JE ZO!

moon

Omslagontwerp en opmaak binnenwerk: Karin Luttenberg

Eerste druk juli 2016
Tweede druk juli 2016
Derde druk augustus 2016
Vierde druk augustus 2016
Vijfde druk augustus 2016
Zesde druk september 2016
Zevende druk november 2016
Achtste druk november 2016
Negende druk november 2016

ISBN 978 90 488 3422 8
NUR 400

www.uitgeverijmoon.nl
www.overamstel.com
www.paperfuel.nl

OVERAMSTEL
uitgevers

Moon is een imprint van Overamstel uitgevers bv

HAND LETTERING

DOE JE ZO!

KARIN LUTTENBERG

Blij
Maakt
Blij
PM
1711
WEEKEND

INHOUD

OVER PAPERFUEL

Als klein meisje liep ik altijd met potlood en papier rond, of met een volleybal. Ik tekende vroeger echt heel veel en om het goed te leren tekende ik ook van alles na. Alle stripfiguren zijn de revue gepasseerd, mijn favoriet was toch wel Jiminy Cricket. Niet gek dat ik uiteindelijk op grafische vormgeving uit ben gekomen. Of toch wel want dat ging niet vanzelf. Nadat ik gestopt was met de havo heb ik een jaartje gewerkt op een basisschool. Heel leuk, maar toen me duidelijk werd dat ik op een dood spoor zat - whaaaa!! - ben ik een grafische opleiding op het CIBAP gaan volgen. Echt een superleuke opleiding waarbij we elke dag creatief aan de slag gingen. Na mijn opleiding had ik meteen een baan. In het begin heb ik heel veel geleerd. Onder andere van het werken met alle grafische programma's aangezien we dit op de opleiding destijds bijna niet hadden geleerd. Nadat ik tien jaar op twee reclamebureaus had gewerkt heb ik de sprong in het diepe gewaagd en ben ik voor mezelf begonnen onder de naam Studio Buskruit. Dit doe ik nu bijna tien jaar. Ik heb echt geen seconde spijt gehad van mijn beslissing en kan het iedereen aanraden om toch echt je hart te volgen in de beslissingen die je maakt.

Als grafisch ontwerpster heb ik elke dag met typografie te maken en hoe leuk is het dan om teksten met de hand te tekenen en een compositie te maken die je met een computer alleen bijna niet kunt bedenken. Het begon zo'n twee jaar geleden dat ik met handlettering aan de slag ging. Ik vond het tijd worden voor een beetje back to basic. Met potlood en papier welteverstaan. Ik word er echt gelukkig van en het geeft me ook veel energie en inspiratie voor mijn grafische en illustratiewerk. Een van mijn eerste teksten was *Let's rock this day.*

Ik zette mijn creaties op Instagram met in eerste instantie een paar volgers, maar dit groeide snel. Wat heerlijk om mijn werk te delen met zulke enthousiaste mensen. Want dat gevoel krijg je echt van Instagram.

Onder de naam Paperfuel ben ik onder andere kaarten en posters uit gaan geven. Toen mijn webwinkel werd geopend kreeg ik aanvragen van bladen zoals *Flow*, *Linda meiden* en *VT Wonen* of ze wat van mijn werk mochten publiceren en voor de *Flair* heb ik het december nummer compleet in Paperfuel-stijl gegoten. Echt supergaaf!

In het begin van dit jaar werd ik benaderd door Moon, of ik een boek over handlettering wilde maken. Wauw, wat een kans! Op dit nieuws werd massaal gereageerd wat mij nog een extra boost heeft gegeven!

Met dit boek wil ik je laten ontdekken hoe leuk handlettering is en je inspireren om er verder mee aan de slag te gaan.

Al mijn teksten zijn getekend in Paperfuel-stijl dus niet alles is getekend volgens de typografische regels. Ik werk vanuit mijn gevoel en wat daar op dat moment het beste bij past.

Ga heel veel oefenen en ontwikkel je eigen stijl zodat mensen je werk herkennen als echt uniek en helemaal van jou! Werk vanuit je hart, dan ontstaan de mooiste dingen!

KARIN LUTTENBERG

over HANDLETTERING

Handlettering is de kunst van het letters tekenen en hoe leuk is het om die kunst te beoefenen! Handlettering is trouwens niet hetzelfde als kalligrafie. Met kalligrafie ben je echt aan het schrijven, terwijl je met handlettering de letters tekent. Met kalligrafie schrijf je je letters namelijk in één keer met een brush- of kalligrafiepen. Hiermee schrijf je meteen de dunne en dikke lijnen in één beweging.

Maar *back to the topic*: handlettering leent zich perfect voor het ontwerpen van iets unieks. Juist omdat je de lettervormen op maat kunt ontwerpen en geen gebruik hoeft te maken van een bestaand lettertype. Je kunt er de *feel* aan geven die jij wilt. Vintage, romantisch of stoer, bedenk het maar. Je bent helemaal vrij om dit zelf te bepalen. Je kunt heel veel inspiratie halen uit logo's van vroeger die werden geschilderd of gedrukt op emailleborden. Deze logo's werden vaak ook gecombineerd met illustraties. Een handgeletterde tekst is een kunstwerkje op zich en heeft in de afgelopen jaren een enorme comeback gemaakt. Iedereen wil een beetje ontvluchten aan het digitale tijdperk. Met potlood, papier en je eigen stijl kun je iets unieks neerzetten, waarbij imperfecties ook worden gewaardeerd. Het is dus weer helemaal hip! Je ziet dat handlettering weer veel wordt toegepast. Denk bijvoorbeeld aan wanden, verpakkingen, complete wedding stationary, servies en boekomslagen. Je kunt het zo gek niet bedenken.

Handlettering ontwikkel je door vooral heel veel te oefenen. Trek er elke dag een uurtje voor uit

en je zult merken dat je met de dag beter wordt. Pas de tips en tricks uit dit boek toe en je zult zien dat je door je ervaring zelf ziet wat er wel of niet klopt aan een compositie. Zet alles naar je eigen hand, er zijn geen regels dus gebruik je fantasie en creëer iets wat bij de tekst past. Doe inspiratie op uit boeken, van oude verpakkingen, oude blikken, en ontdek waarom tekst een bepaald gevoel oproept. Dit zie je in de keuze van het lettertype, ornamenten, kaders, krullen en kleur.

In dit boek laat ik je mijn werkproces zien en ik hoop dat je met mijn tips aan de slag kunt om je eigen unieke kunstwerkjes te maken. Combineer tekst met illustratie om de tekst nog meer te laten spreken. Met de stap-voor-stap-uitleg in dit boek moet het zeker lukken.

WAT *heb* JE NODIG?

Eigenlijk helemaal niet zoveel! Als je papier, een potlood en fineliner hebt kun je al aan de slag. Papier kan een pak 80-grams kopieerpapier zijn. Om mee te beginnen kan de fineliner elke fineliner zijn. Zelf werk ik met fineliners van Micron. Deze zijn er in verschillende diktes en ik gebruik de 05 en 08 het meest. Deze pennen gaan langer mee dan een gewone fineliner, omdat deze soms door het papier heen drukt. Het voordeel van deze pennen is dat ze dat niet doen omdat ze voorzien zijn van pigmentinkt.

DEZE materialen
KUN JE GEBRUIKEN
OM te
EXPERIMENTEREN

(witte GEL PEN om op ZWART PAPIER TE SCHRIJVEN)

(EEN KALLIGRAFIE PEN MET EEN GROTE EN KLEINE PUNT)

KRIJT stift VOOR OP KRIJTBORD

zwarte inkt

kringloopvondst :-D

OUDERWETSE kroontjes PEN

OM heel MAKKELIJK DUNNE & DIKKE lijnen TE TEKENEN

INSPIRATIE

Inspiratie vind je eigenlijk overal. Meteen vanaf het moment dat je je ogen open doet als je 's morgens wakker wordt. De zon die door de gordijnen komt, dat leuke nachtlampje, een droom die je je herinnert, het motief van je dekbed. Hieronder een aantal voorbeelden van waar ik mijn inspiratie vandaan haal.

SONGTEKSTEN

Muziek vind ik super! Het is voor mij echt de grootste bron van mooie teksten. Zoals deze hiernaast uit het nummer van Ed Sheeran - *Thinking Out Loud*.

DE SEIZOENEN

De zomer, de winter, de lente en de herfst. Genoeg mooie teksten over te bedenken. Deze hiernaast heb ik als tekst op mijn bureaublad op mijn computer staan.

DAGEN VAN DE WEEK

Even geen inspiratie? Maak een mooie quote van de dag van de week.

NATUUR

Met een beetje mooi weer probeer ik elke dag een wandelingetje te maken, want dat werkt echt heel goed voor je creativiteit. Hiernaast een tekening van een plant waar ik elke dag langs loop en die qua vorm toch heel grafisch is.

ETEN

Ook zoiets wat je dagelijks doet als het goed is! ;-) Genoeg om te tekenen! Teken een paprika, prei of ui met een leuke tekst erbij van wat je gaat koken of wat net mislukt is.

SPORT

Momenteel is mijn sport tennis! Compleet verslaafd en ik hield er vroeger al van om samen met m'n mams naar alle Grand Slams te kijken. Vooral naar Andre Agassi. Met het verschil dat ik toen volleybalde en pas sinds tien jaar tennis.

INSPIRATIE IS OVERAL

Hieronder vind je nog meer inspiratie. Ik hoop dat je zo alle mogelijkheden ziet waardoor je zelf ook inspiratie gaat vinden in de grote, maar zeer zeker ook in de kleine dingen in je leven.

MIJN VRIEND

Mijn vriend maakt van heel veel nummers een 'Mama appelsap'. Daarnaast weet hij ook lang niet altijd wat er gezongen wordt. Maar dat schijnt weer een typisch mannelijke eigenschap te zijn volgens de dj's van 3FM. In plaats van *Remember the promise you made* van Cock Robin maakt hij ervan *Remember the pommes you made*.

HEFTIGE GEBEURTENISSEN

Van die dingen die je shockeren! Heftige gebeurtenissen vormen geen mooie inspiratie, maar dan is een tekst of tekening wel mooi om je mee te uiten.

FEESTDAGEN

Met de paasdagen of kerst is er altijd wel een balletje te schilderen. Geef een eigen draai aan je tekst zodat je iets unieks op tafel of in de boom hebt.

DAGELIJKSE LEVEN

Uit je dagelijkse leven kun je heel veel inspiratie halen. Hele simpele dingen; bijvoorbeeld uitspraken van mensen die je spreekt, kleine dingen die gebeuren. Zo ging bij ons het koffiezetapparaat kapot en moesten we op zoek naar een nieuwe. Dit heeft een half jaar geduurd omdat de keuze reuze was. Naar aanleiding van het nieuwe koffiezetapparaat heb ik deze tekening gemaakt.

FILMS

Vroeger keek ik heel veel films. Sommige keek ik zo vaak dat ik de teksten letterlijk mee kon praten. Ahum... Hiernaast een tekst uit een actuelere film *The Help*. Je zou zeggen dat er *You are...* moet staan maar als je de film hebt gezien dan snap je het meteen. Een echte must see-movie!

VAKANTIE

Als je hobby tekenen is dan vind je op vakantie genoeg tijd om even heerlijk te tekenen zonder dat je hoeft te denken: dit moet nog af... oh en dat moet ik ook vandaag nog doen. Dus, relax, *enjoy the view* en tekenen maar. Hiernaast zie je mijn vakantie-dagboek. Mijn uitzicht gecombineerd met teksten over wat we die dag gedaan hebben.

De letters

Waar alles mee begint, de letters! Ook wel fonts genoemd en ze komen in allerlei verschillende vormen voor. Hieronder drie basisletters waarmee je elke variatie kunt maken. Belangrijk is dat je eerst de basis goed leert tekenen. Oefen verschillende alfabetten zodat je ze zonder na te denken kunt tekenen. Als je de basis onder de knie hebt, kun je aan de slag met je eigen 'handschrift' in letters.

SCHREEFLETTER

Ook wel 'serif' genoemd. Dit woord komt uit het Frans en betekent 'schreef'. Een schreef zijn de pootjes aan de uiteinden van de letters die eruit steken. Deze vorm wordt vaak gebruikt voor boeken, omdat je door de schreven de tekst heel makkelijk volgt.

SCHREEFLOZE LETTER

Ook wel 'sans serif' genoemd en betekent 'zonder schreef'. Deze letter wordt vaak gebruikt voor tekst op websites, omdat dit duidelijker is op een digitaal scherm dan een schreefletter.

SIERLETTER

Sierletters komen het dichtst bij je eigen handschrift, maar omdat je ze tekent kun je ze een stuk mooier maken.

CORPS

Met het corps wordt de grootte van de letter aangegeven. Vroeger was dat de hoogte van het letterstaafje, die wordt gemeten in typografische punten.

font

In de grafische wereld wordt in plaats van het woord 'lettertype' vaak over 'font' gesproken. Dit is de Engelse vertaling.

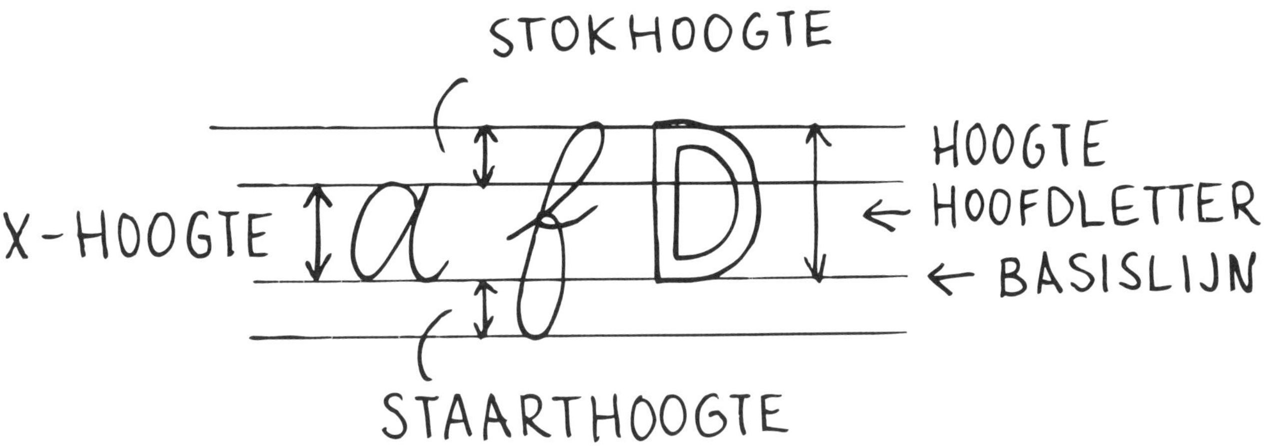

Een ander woord voor hoofdletters is kapitalen. Het kapitaalschrift stamt uit de tijd van de Romeinen. Maar het begon eigenlijk allemaal bij de Grieken.

KAPITAAL

'Onderkast' is een andere benaming voor de kleine letters. Deze namen komen uit de tijd dat teksten werden gedrukt met loden letters. Deze letters werden opgeborgen in kasten. De bovenste la was voor de kapitalen en de onderste la (ra, ra) voor de kleine letters.

ONDERKAST

ALFABET SCHREEFLOOS

Hierboven zie je een standaard blokletter. Deze teken je door eerst de contouren te tekenen. Later kun je de letters inkleuren.

Het alfabet hiernaast is een leuk smal lettertype dat je snel kunt tekenen. De verticale lijnen die je naar beneden trekt kun je eventueel dikker maken, maar voor het oefenen kun je dit achterwege laten.

ALFABET MET SCHREEF

Zoals je ziet steken de ronde letters net een beetje over je basislijnen heen. Dit doe je om ze optisch even groot als de rechte letters te laten lijken.

Oefenen maar met die schreven. Bij het font hiernaast kun je de vakjes die ontstaan zijn invullen door helemaal in te kleuren, of bijvoorbeeld op te vullen met streepjes of puntjes.

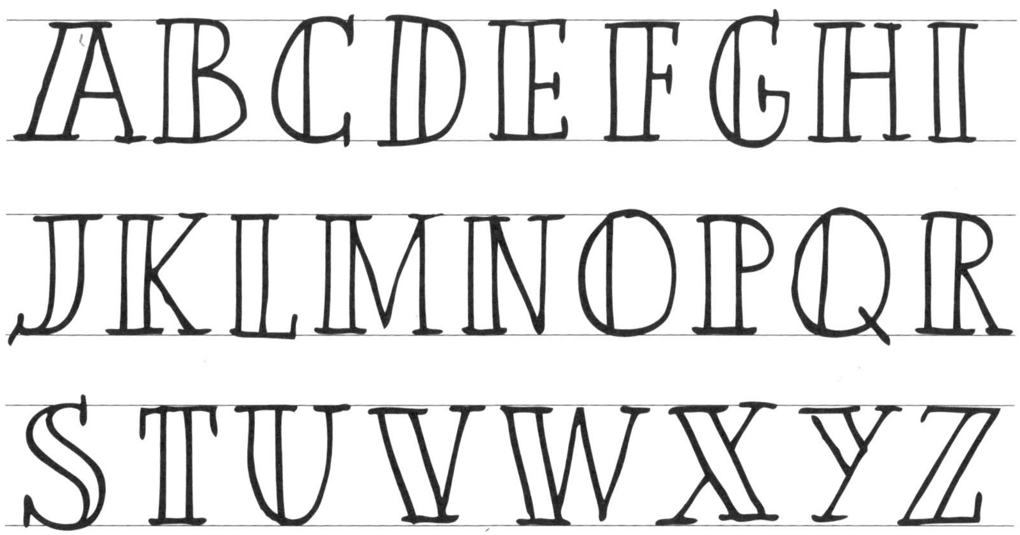

SIERLETTERS

Sierletters komen in allerlei soorten en maten voor. Hiernaast vind je een basis van waaruit je je eigen variaties kunt maken.

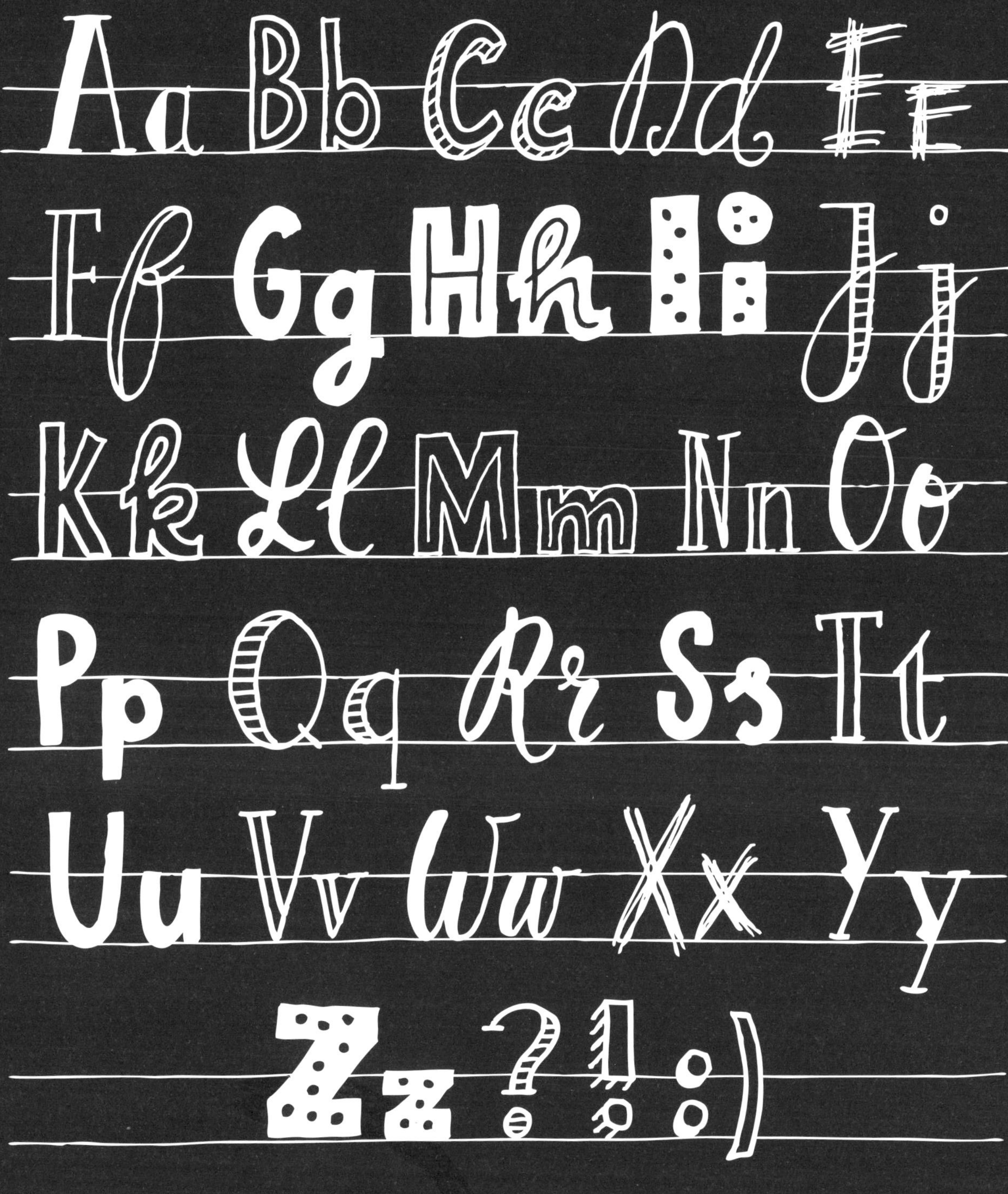
Aa Bb Cc Dd Ee
Ff Gg Hh Ii Jj
Kk Ll Mm Nn Oo
Pp Qq Rr Ss Tt
Uu Vv Ww Xx Yy
Zz ? ! :)

ALFABET BLOCK

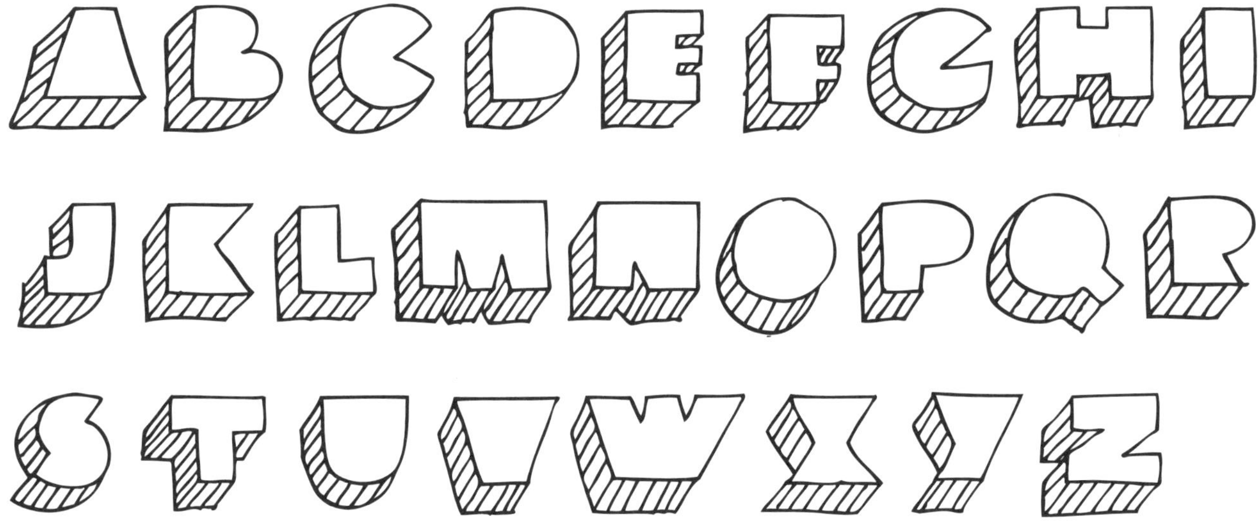

ALFABET CLASSIC

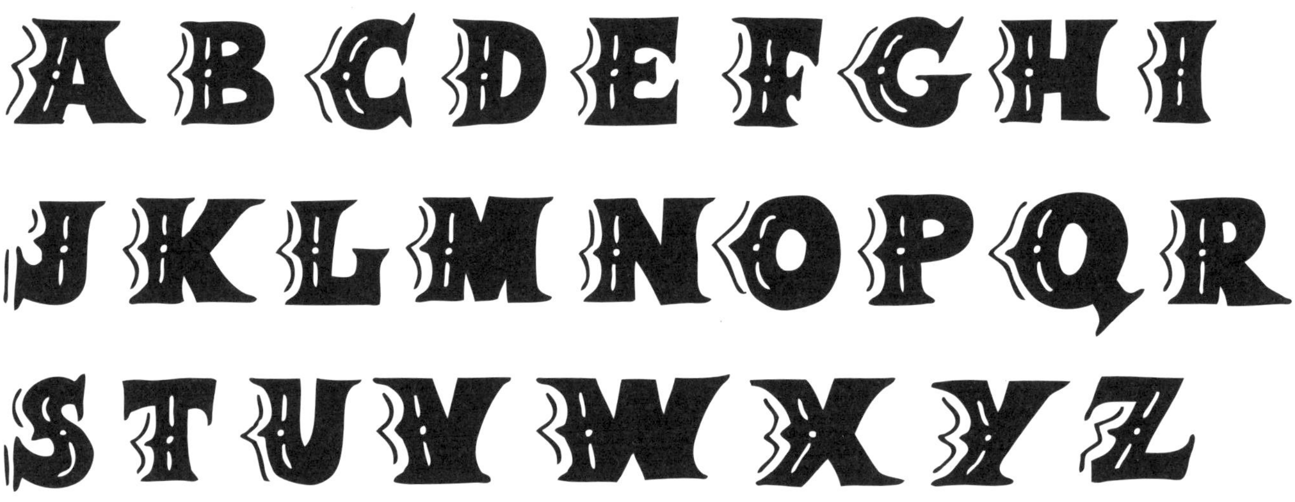

ALFABET FUN

ALFABET STRIPES

LETTERS UITWERKEN

Met de basisopbouw van de letters kun je elk lettertype maken. Dun, dik, met schreef, zonder. Hieronder gaan we een aantal basisletters opbouwen. Je begint met het frame en tekent dit verder uit met een extra lijn.

DE BASISOPBOUW

Let op je witruimte!

Teken de basis op papier. Dit kan eerst met potlood waarbij je er op let dat je optische witruimte overal hetzelfde is. Dit heet spatiëring.

TIP

Knijp je ogen halfdicht en kijk door je wimpers om te zien of er ergens teveel witruimte zit. Nu kun je nog gummen! :-)

DUBBELE LIJNEN

Om er een echte blokletter van te maken teken je langs elke lijn een extra lijn. Zoals je hiernaast ziet, teken je er bij de 'p' langs. Bij de 't' teken je aan beide kanten een extra lijn zodat de verticale stok in het midden blijft staan.

INKLEUREN

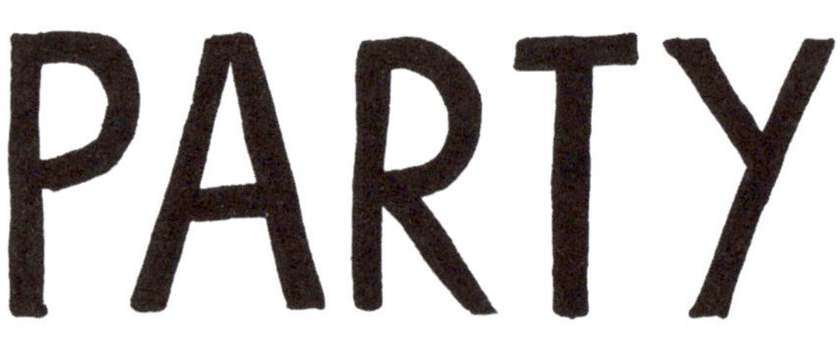

Heb je alle extra lijnen gezet dan kun je de vlakken gaan inkleuren. Zie je dat er verschil in de letters zit dan werk je ze bij door de lijnen iets dikker te maken.

SCHREEFLETTER UITWERKEN

CHEESE CHEESE

1 De basis voor schreefletters is hetzelfde als die van schreefloos.

Maak nu dubbele lijnen van alle linkse lijnen aan de letters. **2**

TIP

Zoals je hierboven ziet steken de 'C' en de 'S' net iets boven de basislijnen uit waardoor ze optisch beter uitlijnen.

Inspiratie vind je overal! Deze oude camera heb ik op een beurs gekocht. Kijk eens naar de supermooie lettertypes die er op te vinden zijn! *Love it!*

3 Alle lijnen staan erop.

Nu kleur je weer alle vlakken in. **4**

CHEESE CHEESE

SIERLETTERS

Er zijn oneindig veel sierletters, ook wel scriptletters genoemd. Hieronder zie je de versie die ik zelf vaak gebruik. Met deze manier van tekenen imiteer ik de kalligrafieletters door de schaduw die er later bijkomt. Oefen de teksten net zo lang totdat je ze in één keer vloeiend kunt schrijven.

DE BASIS

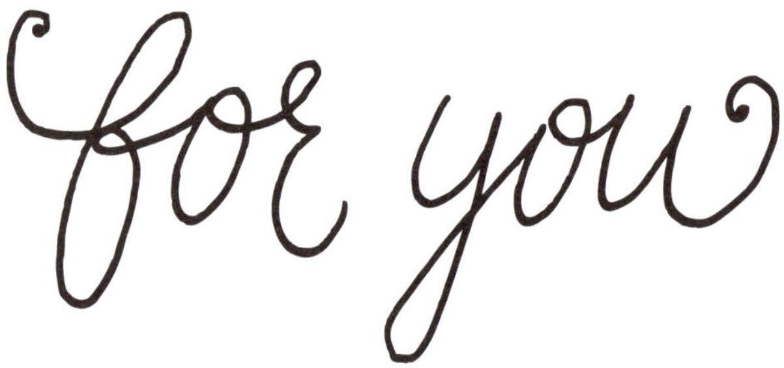

Begin zoals je vroeger op school moest beginnen, met aan elkaar schrijven. De letters kun je vloeiend met elkaar verbinden en aan het eind teken je een langere krul.

DUBBELE LIJNEN

Nu maak je alle lijnen die je naar beneden tekent dikker door er een extra lijn naast te tekenen. Op deze manier imiteer je de kalligrafiestijl. Met een kalligrafiepen teken je dit in één keer, maar op deze manier kan het ook!

INKLEUREN

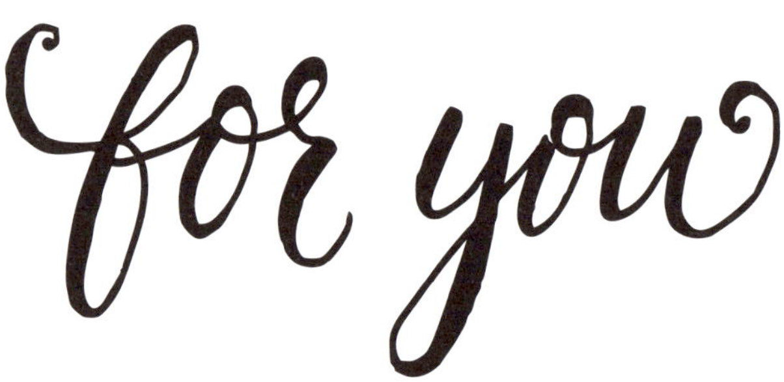

Vul nu de vlakken die zijn ontstaan. Heel leuk voor op een cadeaulabel!

you rock
02/12/15 PAPERFUEL

DIEPTE in je TEKST

Als je basistekst staat, kun je door middel van schaduwen je tekening een heel stuk toffer maken! Hieronder laat ik je een aantal mogelijkheden zien die je zelf eindeloos kunt combineren.

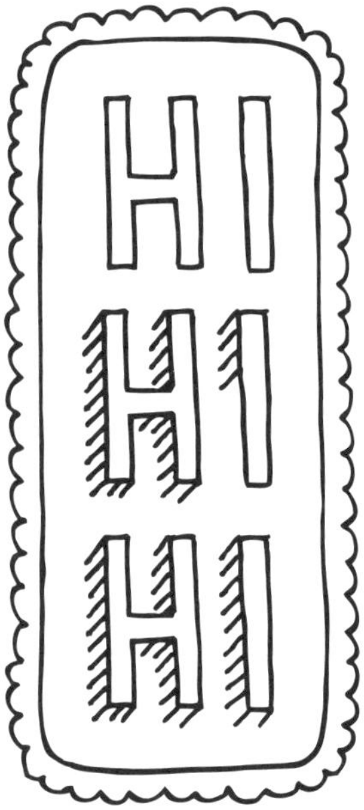

Bepaal eerst van welke kant je licht komt. Komt het licht van rechts, dan valt je schaduw aan de linkerkant.

Zo leuk, oldskool-blokletters!
1. Teken eerst de schuine lijntjes en verbind deze dan met elkaar voor het blokeffect.

Hier maak je schaduwen door korte lijntjes te tekenen die met het licht meelopen. Hou de hoek overal hetzelfde en de lengte van de streepjes even lang.

Hieronder zie je een voorbeeld met wat alleen een schaduwlijntje al kan doen.

BLOKSCHADUW EN STREEPJES

Zoals je op deze pagina ziet, kun je letters op heel veel manieren invullen. Het is leuk om je fantasie te gebruiken en een nieuwe invulling te bedenken. Bloemetjes, krullen, dieren; niks is te gek! :-)

1 Als je de basisblokletter hebt getekend, ga je deze invullen met horizontale streepjes. Je houdt een kleine witrand vanaf de letter vrij, begint bovenaan en tekent zo naar onderen. Naar onderen worden de lijntjes steeds korter en uiteindelijk een stip.

2 Nu teken je de schaduw langs de letters. Je tekent eerst alle lijnen en vult ze daarna in.

TIP *Vind je het moeilijk te bepalen waar de schaduw precies moet komen dan kun je op je computer het woord intypen. Kopieer de tekst en zet de tekst er schuin achter, zodat je precies ziet hoe de schaduw loopt.*

Augustus daar word je toch blij van! Zomer, vakantie, zee en mijn verjaardag! ;-)

MIX 'N MATCH SCHADUWEN

Je kunt nu mixen en matchen door verschillende schaduwen op verschillende lettertypes toe te passen. En om het geheel een extra dimensie te geven gaan we het kader ook bewerken.

1 Het woordje *'The'* en *'little'* gaan we op dezelfde manier schaduw geven door een smal lijntje.

2 Het woordje *'things'* laten we er extra uitspringen door de schuine lijntjes.

3 De magie van de stipjes! Aan de rand zet je veel stipjes. Zorg dat ze elkaar niet raken. Naar het midden toe zet je er steeds minder.

4 Doordat je de stipjes naar het midden minder laat worden krijg je het schaduweffect. Kleur nu het woord *'things'* in.

Een van mijn favoriete films is *Vanilla Sky*. Hier zitten zulke mooie teksten in. Aan het eind van de film zegt Tom Cruise; *'The little things, there is nothing bigger.'* En zo is het ook in het leven! Geniet van de kleine dingetjes!

Banners EN KADERS

Een van mijn persoonlijke favorieten: de banners! Deze gebruik ik vaak bij een langere quote. De basis is heel simpel zoals je hieronder kunt zien. Op deze en de volgende pagina's ga ik een aantal verschillende banners uitwerken zodat jij straks ook een leuke tekst in zo'n banner kan tekenen.

RECHTE BANNER

1 Je begint met een simpele rechthoek.

2 Teken een driehoekje onder de rechthoek en een horizontale lijn voor de wimpel.

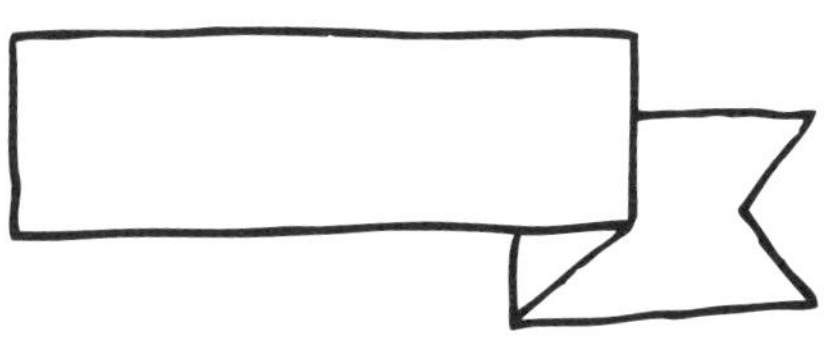

3 Maak de wimpel af.

4 Nu gaan we hetzelfde aan de andere kant tekenen.

5 Versier je banner met stipjes voor een mooi schaduweffect.

6 Klaar is je eerste banner!

RONDE BANNER

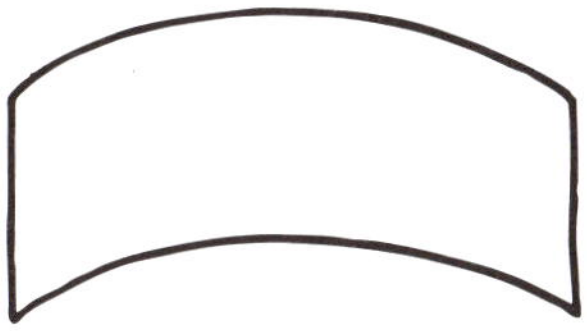

1 Begin met een rechthoek, maar dan met gebogen lijnen.

TIP

Draai je papier om als je de schaduwlijnen erin tekent. Als je rechts bent kun je het best van links naar rechts een lijn trekken waarbij je de pen dik aanzet en vloeiend uit laat lopen.

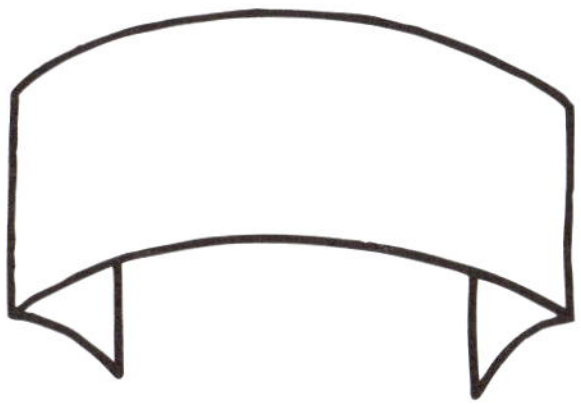

2 Teken de driehoekjes onder de rechthoek. Ik vind het zelf mooi om de schuine lijn iets gebogen te tekenen.

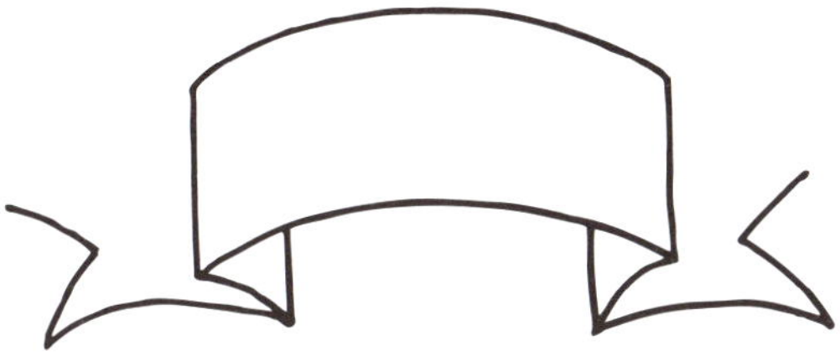

3 Trek de wimpels ook met een beetje gebogen lijnen.

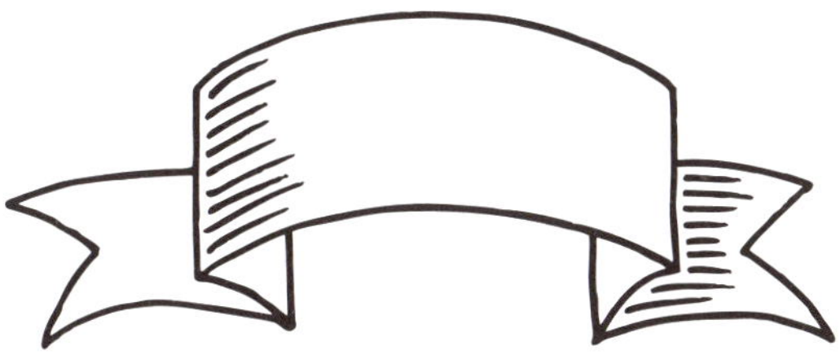

4 Maak schaduwen in de banner door lijntjes te trekken. Hierbij laat je een klein witrandje vrij.

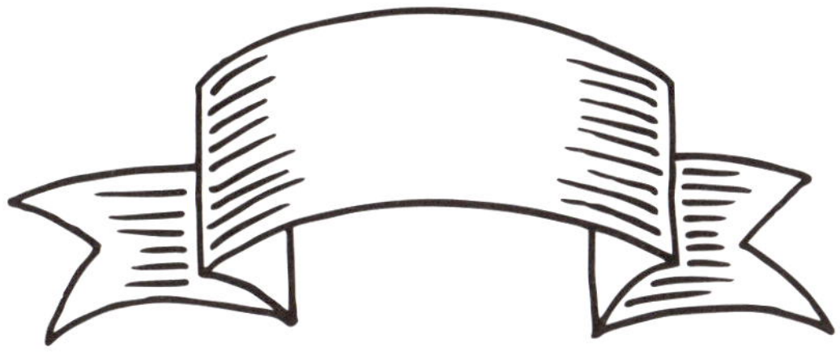

5 De schaduwlijntjes staan erin.

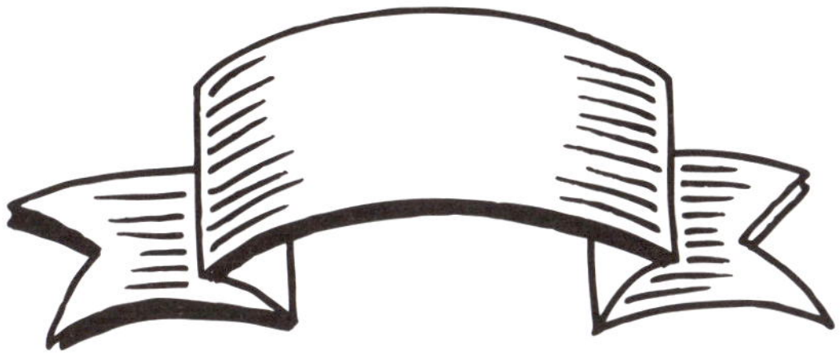

6 Teken nu een schaduw langs de banner zodat deze er nog meer uitspringt.

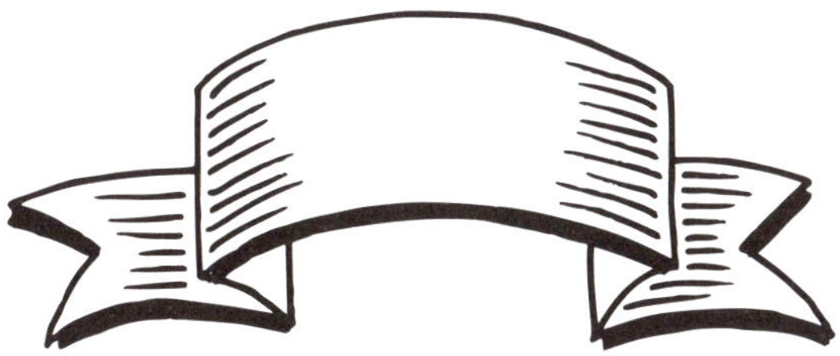

7 Tadaaah!

GOLVENDE BANNER

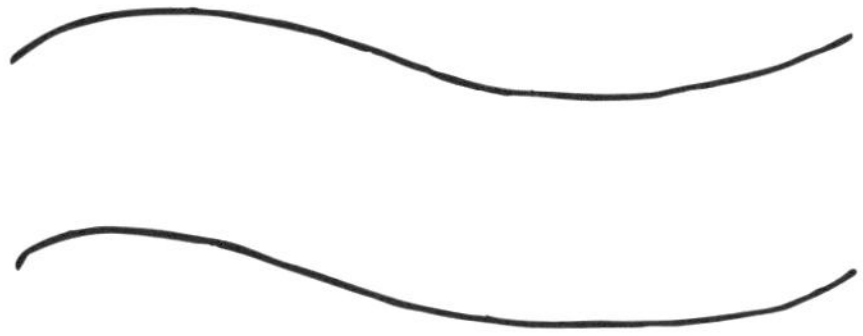

1 Begin met twee golvende lijnen.

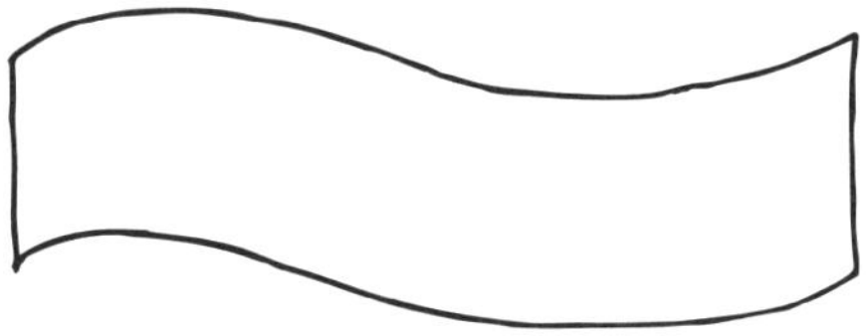

2 Verbind de lijnen met elkaar.

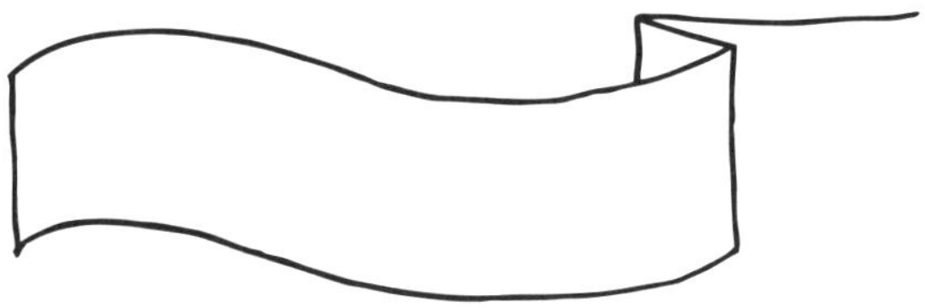

3 Teken het driehoekje aan de banner om de achterkant van de banner te laten zien.

4 Teken de wimpel.

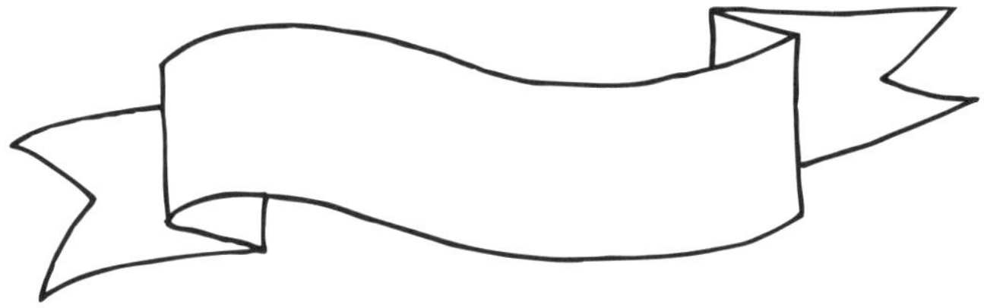

5 Teken nu de andere wimpel aan de andere kant.

6 Voor de tekst teken je eerst twee hulplijnen boven en onder die meelopen met de horizontale golflijn.

Hiernaast zie je de banner zoals ik deze op mijn thee-mok heb staan. Zoals je hier ziet, kun je de banner ook versieren met een kleine tekening die achter de banner valt.

DUBBELE BANNER

1 Begin hetzelfde als met de golvende banner.

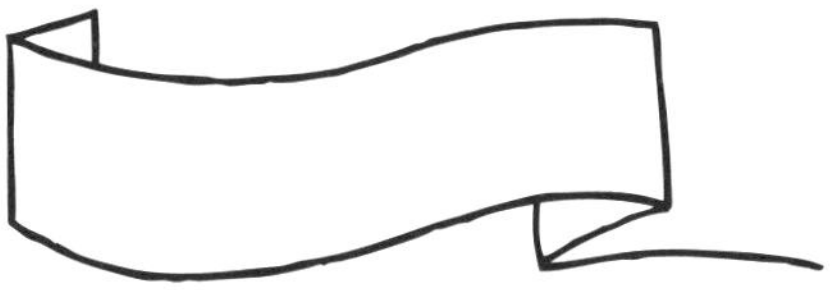

2 Teken de achterkant van de banner door de driehoekjes.

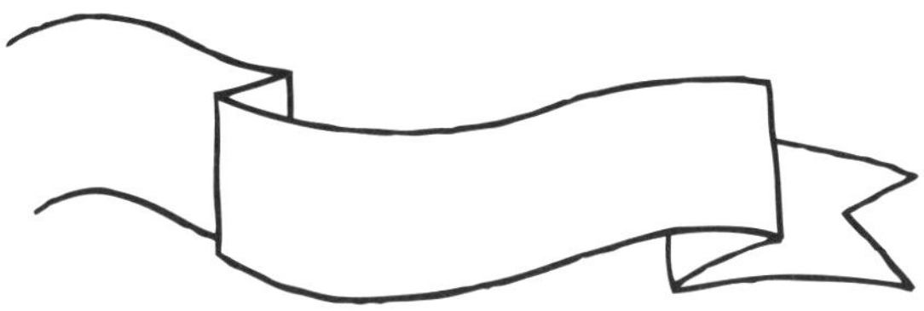

3 Teken de wimpel rechts af. Aan de linkerkant gaan we nu een extra banner tekenen.

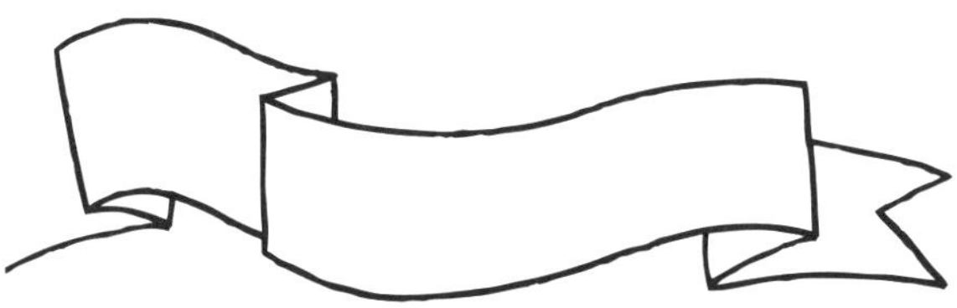

4 Aan de extra banner beginnen we nu weer met de wimpel. Dit doe je op dezelfde manier als hierboven.

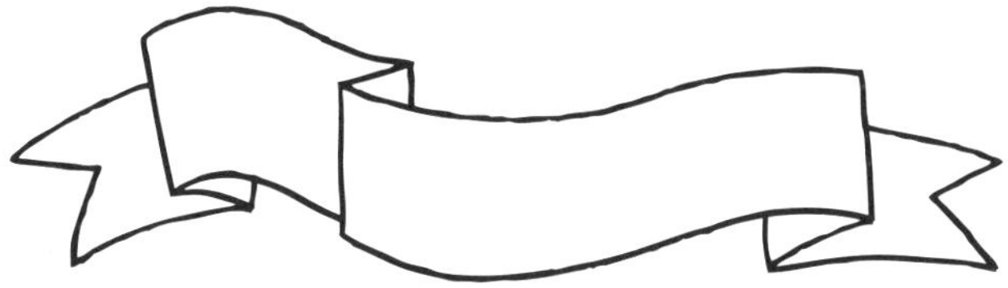

5 De wimpel zit eraan. De basis is hiermee getekend.

6 Nu schets je eerst hulplijnen met potlood voor de tekst. Deze gum je later weer uit.

7 De tekst kun je schreven geven. Begin ook met het tekenen van schaduw in de vorm van stipjes.

8 Klaar is je dubbele banner. Makkie toch!

BANNER ALS LINT

De mooiste banner voor een hele quote! Teken drie of vier rechthoeken voor de tekst die er in moet komen. Het is wel handig om de tekst er eerst in te schetsen om te kijken of het past!

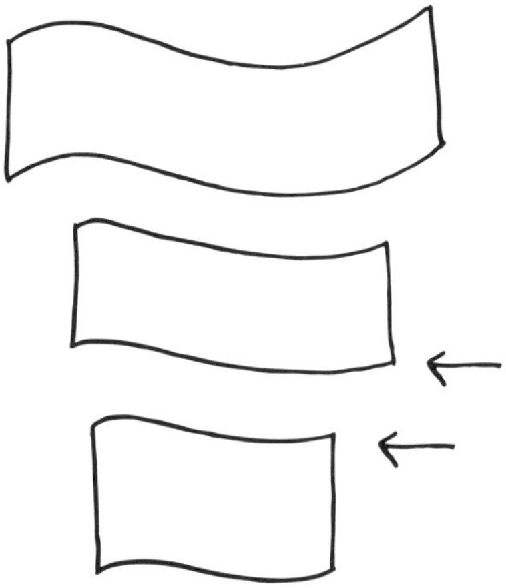

1 Begin met drie golvende rechthoeken. Zoals je ziet lopen de horizontale lijnen altijd parallel aan elkaar. Er zit overal evenveel witruimte tussen.

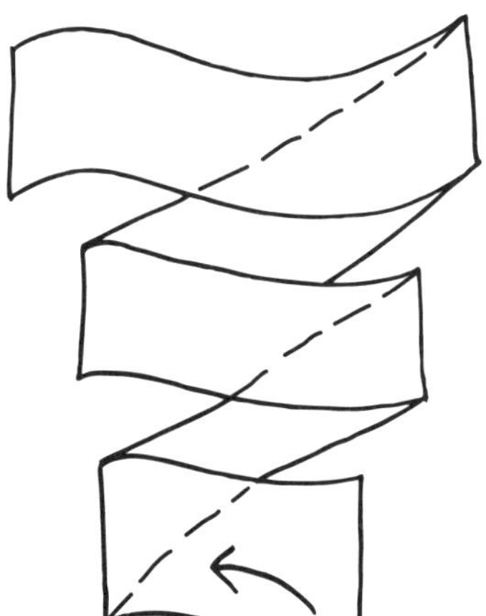

2 Teken nu de achterkant van de banner. Weet je niet waar de lijnen moet komen? Trek ze denkbeeldig door naar het punt waar ze uit moeten komen.

3 Tijd voor de wimpels! Die heb je inmiddels al onder de knie, of niet? :-)

4 En hier geldt ook weer: de schaduwen maken het verschil. Experimenteer met verschillende schaduwen.

Deze banner heb ik getekend voor op een cadeaulabel. Past perfect aan een fles champagne om op het nieuwe jaar te toasten. Cheers!

ZEG HET MET EEN KADERTJE

Hoe leuk: tegeltjeswijsheid, maar dan helemaal hip! Zo'n effect krijg je al met een simpel kadertje. Hieronder zie je een aantal versies die ik zelf vaak gebruik. Ik ben benieuwd naar jouw versies en bewonder ze graag als je #paperfuel gebruikt op social media.

YOU CAN CELEBRATE SOMETHING EVERY DAY

WOORDEN *combineren*

Je begint simpel met het combineren van een paar woorden. Door de verschillende woorden uit te lijnen met elkaar krijg je al een mooi geheel. Kadertje eromheen en klaar is je virtuele koekje!

1 Uitlijnen: de woorden moeten passen tussen de twee verticale lijnen.

2 Het woord '*NO*' wordt automatisch groter, omdat deze maar twee letters heeft en wel uitgelijnd moet worden.

3 Maak er een 'koekje' van door het kader eromheen te tekenen.

4 De schets is klaar! Nu trek je alles over met je fineliner.

5 Alle lijnen op papier... Wacht totdat alles goed droog is!! Daarna gum je je potloodlijnen uit.

6 Details, zoals puntjes, doe je na het gummen, anders krijg je strepen met het gummen.

TIP *Soms volg je niet helemaal je potloodschets maar kijk je door je wimpers om zo je lijnen net iets rechter te tekenen.*

Inspiratie is overal... en haal je ook uit het alledaagse. 's Middags drink ik thee zonder koekje, omdat ik door suiker volledig inkak! Dus die bewaar ik voor 's avonds. Jum, jum!

VLOEIENDE HANDLETTERING

Woorden kun je ook mooi combineren door ze in een bepaalde vorm te tekenen. Hieronder zie je hoe het woordje 'tijd' kleiner begint en de letters steeds hoger worden. De witruimte tussen de woorden blijft gelijk, zodat het mooi in elkaar past.

1 Begin met het tekenen van hulpvlakken.

2 Teken de stippellijn voor de weg die de vlieg vliegt tussen de woorden.

3 Schets de letters erin. Kom je niet uit met een woord dan maak je het kader iets langer.

4 Alles staat erop! Begin met je fineliner alles over te trekken.

5 Alle basislijnen staan op papier. Wacht tot het goed droog is en gum de hulplijnen uit.

6 Nu maak je de verticale lijnen dikker en geef je de vlieg echte vleugels en meer detail.

TIP *Witruimte (de ruimte tussen de woorden) is net zo belangrijk als de woorden zelf. Maak deze nooit te groot zodat je tekst één geheel blijft.*

SIMPELE COMBINATIES

Door de stippen creëer je een soort schaduw.

Voeg een klein kleuraccent toe! #lovely

In één keer getekend met een dikke stift.

Getekend met een Micron pen waarbij bij alleen het woord *'it's'* de lijnen naar beneden dikker zijn gemaakt.

3X ANDERS

We gaan aan de slag met één quote, maar dan op drie verschillende manieren ingevuld. Bij elke stijl krijg je weer een ander gevoel. Bepaal zo welk gevoel jij het best vindt passen bij jouw quote!

1 Is de schets goed? Trek dan alle basislijnen over.

2 Geef diepte aan door alle lijnen die je naar beneden tekent een extra rand te geven.

3 Inkleuren en hier en daar wat bijtekenen.

1 Teken de basislijnen met een fineliner over.

2 Nu geef je diepte aan de letters door de schaduw te tekenen aan het woord 'proost'.

3 Kleur de schaduw van 'proost', geef 'op het' een extra lijntje en het woord 'leven' kun je invullen zoals je zelf wilt.

Uit het nummer van Diggy Dex ft. JW Roy - Treur Niet (ode aan het leven)

EEN GOEDE COMPOSITIE

Schetsen, schetsen en nog eens schetsen om die perfecte compositie te krijgen. Hieronder vind je schetsen en uitleg met vier belangrijke tips!

Te veel witruimte, zodat de compositie helemaal uit balans is.

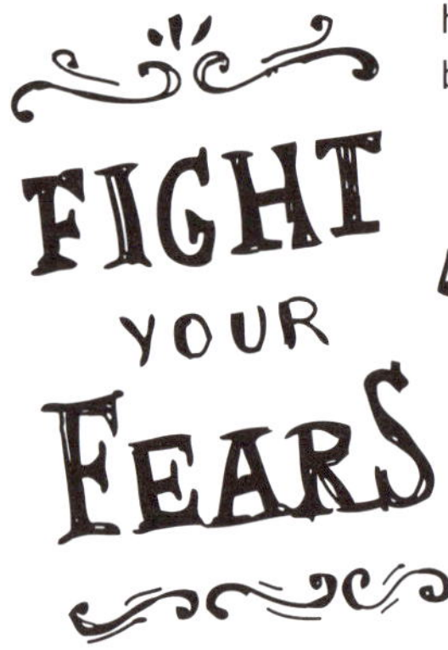

Met tekst in vormen krijg je automatisch één geheel. Hier heb ik een schets gemaakt met een hart. Want met liefde bestrijd je heel veel!

Het is mooi om een tekst aan de boven- of onderkant met een vorm mee te laten lopen. Hierboven laat ik de tekst *'fears'* meelopen met de banner.

Experimenteren met een driedubbele banner.

1. Let erop dat je witruimtes niet te groot zijn. Tussen de letters maar ook tussen de woorden.
2. Lijn je teksten uit aan de zijkant of zorg dat alles gecentreerd staat.
3. Bepaal wat de belangrijkste woorden zijn en laat deze eruit springen.
4. Tel de letters om zo het midden van een woord te bepalen. Verdeel de ruimte in het aantal vakjes zodat je het aantal vakjes zodat je altijd goed uitkomt.

Hierboven ben ik bezig geweest om sommige letters mooi met elkaar te verbinden.

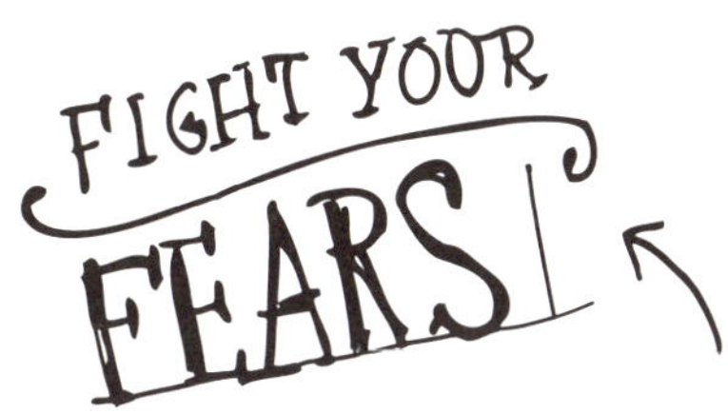

'fears' is nog niet goed uitgelijnd.

YOU CAN DO THIS!

Ben je helemaal blij met één van je schetsen? Dan ga je deze tot in detail uitwerken met behulp van schetsmatige hulplijnen. Dit betekent ook gummen! Ben je tevreden met je uitgewerkte potloodversie dan trek je de buitenlijnen over met je fineliner.

1 Schets eerst twee horizontale hulplijnen waarbinnen je je tekst gaat uitwerken.

2 Zoals je ziet steekt de 'F' verder naar onderen dan de rest van de tekst.

3 Nu schets je de twee onderste hulplijnen. Bij de 'F' en de 'E' laat je het middelste vrij voor de lijn die straks door moet lopen.

4 De 'S' steekt er aan de bovenkant uit zodat je tekst mooi in balans is. De lijn die de 'A', 'E' en 'F' verbindt, trek je eerst schetsmatig waarna je de witte stukken vrijlaat.

5 Trek nu de buitenlijnen met fineliner over.

6 Je lijnen staan nu. Even weer goed laten drogen waarna je de potloodlijnen uitgumt.

Als je een foto van je schets maakt kun je veel sneller zien of je spatiëring klopt of dat er ergens te veel witruimte tussen zit.

TIP

7 Teken nu eerst de witte glimmertjes in de letters die je uiteindelijk wit laat.

8 Alle glimmertjes staan erop. Dan begin je met het zwart inkleuren van je letters.

9 Een heel werkje als je het groot hebt opgezet, maar het resultaat is altijd fijn als alles is ingekleurd!

THE NEXT LEVEL

Heb je de simpele combinaties onder de knie? Dan gaan we nu aan de slag met een complexere compositie. Deze tekst is uitgelijnd in een rechthoek waardoor alles mooi in balans is. De bovenste twee regels lopen met elkaar mee in de vorm, zodat de ruimte helemaal wordt opgevuld. Met het woordje '*of*' vul je de ruimte onder *'a box'*.

1 Begin met schetsen en trek schetsmatige hulplijnen.

2 Staat alles goed? Gummen kan nu nog!

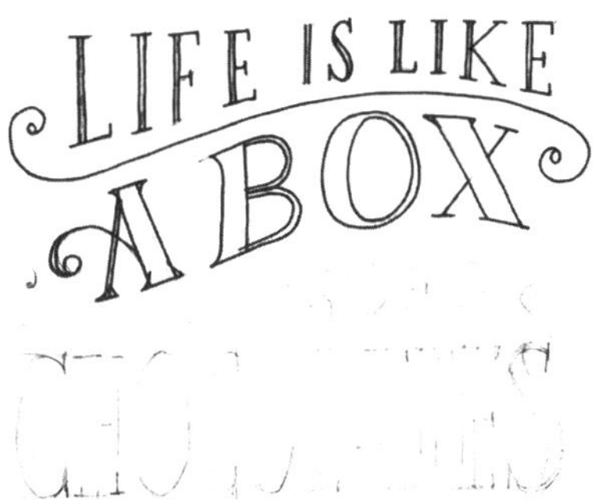

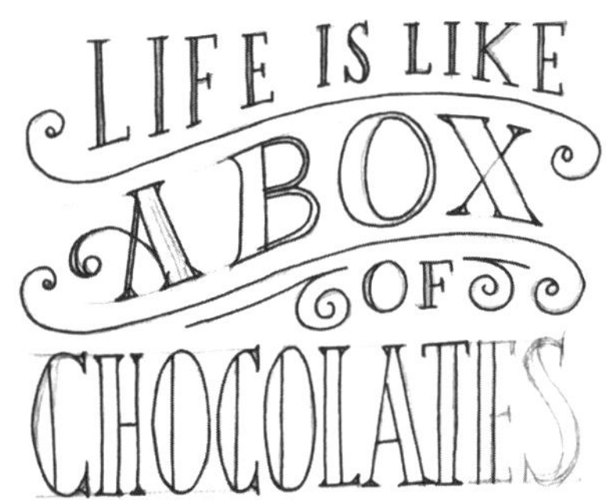

3 Werk je schets uit met fineliner. Zoals je hierboven ziet heb ik de regel met *'life'* geschetst in een enkele lijn, maar werk ik het nu uit met een dubbele lijn die later ingekleurd wordt.

4 Teken eerst alle omtreklijnen. Deze vul je later in. De extra dikte aan de horizontale gebogen lijn teken je er op het laatst bij.

5 Bijna klaar met het overtrekken van de lijnen!

6 Nu begin je met het invullen. Zoals je ziet bij *'a box'* teken ik eerst de witte schaduw links in de letters, die helemaal wit blijft.

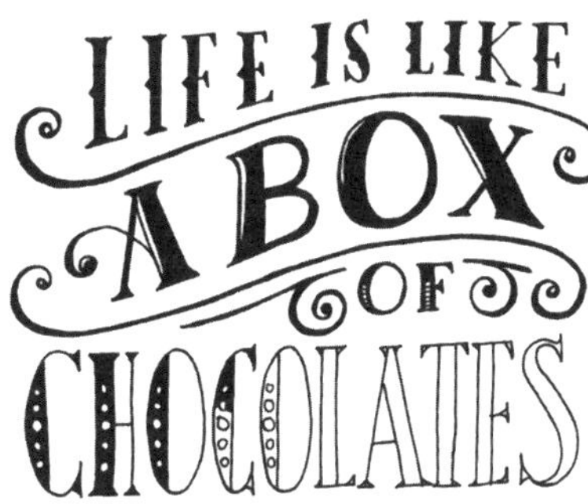

7 Geef het tekstje *'of'* extra diepte door de lijntjes. Bij het woord *'chocolate'* teken je eerst de bolletjes die ook wit blijven.

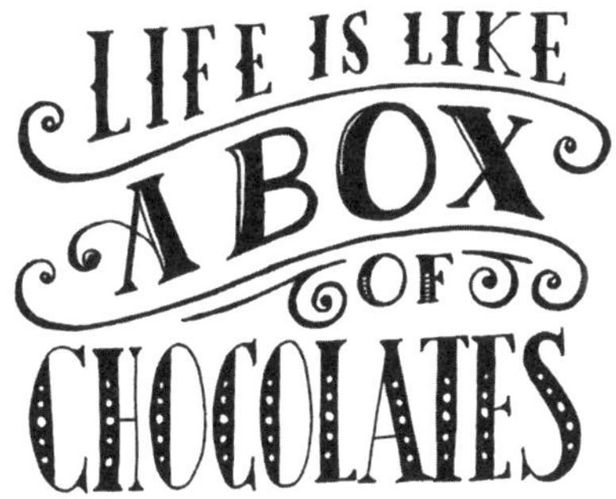

8 Alles is ingekleurd. Nu gaan we nog wat extra schaduw toevoegen langs de bovenste twee zinnen, zoals je hieronder ziet.

Tekst uit de film *Forrest Gump, My momma always said: 'Life is like a box of chocolates. You never know what you're gonna get.'*

De mooie dingen, de minder mooie dingen, de verrassingen, de liefde - alles! Geniet van de mooie chocolaatjes en deal met de minder mooie!

TEKSTEN IN VORMEN

Laat je teksten extra spreken door deze in een vorm te zetten die eigenlijk alles al zegt. Er zijn vormen genoeg die je kunt combineren met een mooie tekst. Hieronder vind je mijn versie met de tekst van de band *The Black Eyed Peas*. De lijnen die ik hieronder meteen in fineliner zet, schets je normaal eerst met potlood.

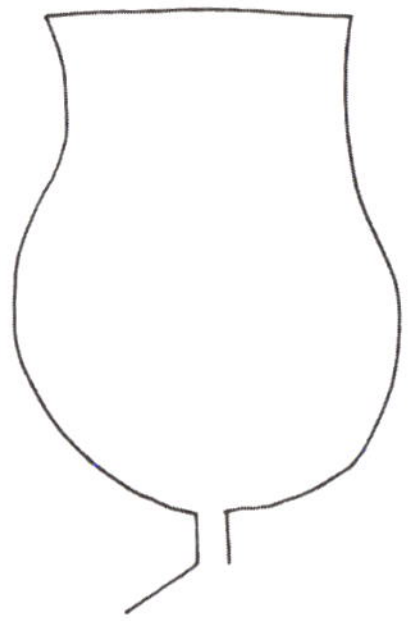

1 Je begint altijd met de vorm waar de tekst in moet komen.

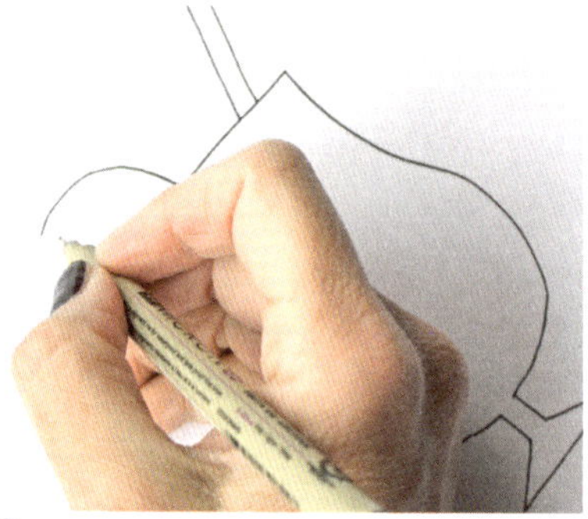

2 Het glas staat. Nu teken je de buitenlijnen van het rietje en de citroen.

3 De basis is getekend, nu begin je met de tekst.

4 Varieer met de verschillende lettertypes en zorg dat de woorden mooi in elkaar passen. Zoals de 'l' van *'feeling'* weer goed tussen de 'o' en 't' erboven past en *'that'* mooi tussen de 'f' en 'g' van *'feeling'* valt.

5 Nadat de tekst staat, geef je het rietje en de citroen meer detail door vlakken in het rietje te tekenen. Teken de partjes in de citroen en de rand.

6 Nu begin je met het toevoegen van diepte aan je teksten. Sommige woorden krijgen een schaduw en sommige geef je een dubbele lijn zodat ze er meer uitspringen.

I GOTT
feelin
THAT
tonight is
GONNA BE A
GOOD night

I GOTTA FEELING!

7 Werk het rietje verder uit door stipjes te plaatsen in de vlakken.

8 De citroen krijgt ook meer power door het plaatsen van stipjes op de plek waar de schaduw valt.

9 Je begint met de stipjes op de rand en plaatst steeds minder stipjes naar het midden toe.

10 Je gaat nu aan de slag met de schaduw voor het glas. Zorg dat je een klein randje van het glas wit laat.

11 Zoals je ziet begint het al behoorlijk op een echt glas te lijken doordat je de voet nu hebt ingekleurd.

12 De tekst *'gonna'* heb ik een schaduw gegeven en *'good'* heb ik helemaal ingekleurd. Voilà! Heerlijke cocktail, toch!

One of my all time favourite songs:
The Black Eyed Peas - *I Gotta Feeling.*
De combi met een cocktailtje maakt
het helemaal af!

LET'S FLY FAR AWAY

Hieronder een tekst uit het nummer van Twenty One Pilots - *Stressed Out.* Deze tekst hoorde ik onderweg in de auto en ik zag direct de tekst in een raket. Wel meteen een notitie gemaakt in mijn telefoon, omdat mijn geheugen net een vergiet is! ;-) Deze versie heb ik als poster uitgebracht. Zo zie je maar weer, inspiratie is overal!

1 Hier staat mijn schets al op papier. Ik ben begonnen met de raket te tekenen met het raampje bovenin. De tekst laat je met de vorm meelopen.

2 Werk met verschillende lettertypes voor een speels effect.

3 Draai je schetsboek bij zodat je horizontale lijnen kunt trekken. Op deze manier kun je de lijnen veel strakker tekenen.

TIP

4 Bij *'build'* en *'ship'* heb ik de details al ingetekend.

5 Teken de randen van de raket die open zijn gebleven. Teken de vleugels en de onderkant. Sterren erbij en nu kun je alles in gaan kleuren.

LET'S
BUILD
A ROCKET
SHIP
... and fly far away!

LOVE THEM DOTS

Zoals je ziet krijg je met stippen toch wel een heel gaaf effect. Begin met de buitenste vormen. Schets je tekst erin en begin met de stipjes langs de letters. De witte vlakken teken je er ook meteen in zodat je deze wit kunt laten.

Ouderwets theepotje met een ouderwetse tekst!

Als je dan toch in een vliegtuig zit, heb je tijd zat voor al deze stipjes!

Nog meer stipjes! Schets de tekst in de vorm en begin met de stipjes langs de randen van de tekst.

Zoals je ziet heb ik aan de linkerkant van de teksten meer stipjes gezet om het schaduweffect te krijgen.

Met de tekst in deze vorm suggereer je de waterstralen uit de douche. Teken de vorm rondom zodat je hier binnen kunt blijven. Ik vond het niet nodig om de buitenlijnen er later nog weer extra bij te tekenen.

NOG MEER VORMEN...

Je kunt eigenlijk elk thema verwerken in een vorm. Experimenteer met verschillende lettertypes en vullingen. En onthoud: als het in je vorm past, krijg je automatisch een heel mooi geheel.

Voor de vulling van de letters heb ik gekozen voor streepjes. Bepaal bij de ijsblokjes eerst hoe de schaduwen lopen.

Maak de tekening extra leuk door het gebreide randje aan de handschoen. Hier heb ik de vorm van de handschoen extra benadrukt door de stipjes rondom de witte vorm te zetten.

Dit is mijn pleidooi dat handgeschreven teksten echt nooit mogen verdwijnen! Ik hoorde namelijk dat ze op scholen in Finland van plan zijn om kinderen het handschrift niet meer te leren. Deze tekst is getekend met mijn pen van het merk Montegrappa uit Italië. Deze pennen worden met de hand gemaakt en passen dus perfect bij mijn werk.

TEKST en TEKENINGEN COMBINEREN

Maak je quote nog sprekender door het te combineren met tekeningen. Deze persoonlijke quote heb ik getekend als *give away* via Instagram. De ingrediënten: persoonlijke quote, eigenschappen, hobby's, favoriete eten en eigenaardigheden. Dit alles gemixt in deze tekening waarbij de poppetjes ook van alles vertellen.

1 Je begint met het schetsen van de teksten. Daaromheen teken je een kader zodat je een basis hebt voor je poppetjes. Hier kun je van alles tekenen. Zoals je hierboven ziet: cola light, cactus en sportschoen.

2 Staat alles? Begin dan met de details. Teken een extra lijn om alle buitenlijnen van de poppetjes. De ruimte ertussenin vul je door stipjes te zetten. Zet schuine lijntjes in de poppetjes voor de schaduw.

3 Zoals je ziet, maken de details absoluut het verschil. Het invullen van de letters, de schaduw in het woord *'Big'* en de dikkere lijnen om de poppetjes. Het geheel wordt zo veel 'rijker' en helemaal af!

THAT TICKLES
ZZZZ
I AM LIGHT
Dream
BIG
DREAMS
NORWAY
OFF TODAY !!
KARIN
11/08/14
SNOOZZZING

MUSIC LOVER

Op deze manier kun je een tekening combineren met iets waar je van houdt. In mijn geval is dat muziek! Laat de teksten vanzelf komen zonder hier heel diep over na te denken. Gewoon opschrijven wat het eerst in je opkomt!

1 Begin met het tekenen van het meisje in het midden van je papier.

2 Trek de tekening over met een fineliner. Schets nu een vierkant kader om het meisje waar je tekst binnen moet blijven. Je begint nu linksboven met het schetsen van je tekst.

3 Ik bedenk tijdens het schetsen welke teksten erin komen. Zo kun je nog woorden veranderen, zodat ze beter in de beschikbare ruimte passen.

4 Staat alles? Werk je teksten met fineliner uit. De details in de tekst en het meisje zet je er aan het eind in.

5 Nadat je de potloodlijnen hebt uitgegumd begin je met het verder uitwerken van je teksten zoals schaduwen toevoegen. Bij *'sing'* zet je een aantal extra schetsmatige lijnen.

6 De arm, broek en schoenen van het meisje hebben ook schaduw gekregen. Nu alleen nog een kleurtje toevoegen en klaar is je tekening!

MUSIC lover
SING & DANCE
STOP, PLAY record
AS much
AS YOU CAN
WE DO
NOT
pause
WE
DANCE
ALL NIGHT
listen TO
THE LYRICS
THAT touch
YOUR SOUL
FREE
YOUR mind
YES
I
SING A LOT
NO
I DON'T THINK
I AM good
AT IT
MUSIC
is like
the
FUEL FOR
MIND!
KEEP SINGING
18-04-16 KARIN

HEB JE EVEN?

Wat een werk was dit!
Maar ja, geen honey zonder honingraat.

De woorden passen mooi in elkaar en door de blaadjes, en door de vogel krijg je een echt voorjaarsgevoel.

Een doorsneewerkdag van mij in woord en beeld, waarbij ik begin met de tekening in het midden zodat alle woorden er perfect omheen kunnen lopen.

Een van mijn eerste teksten gecombineerd met een tekening. De poppetjes kun je wat grappige dingen laten zeggen.

POST-
ITS
SAVE
my life
10|09|15 KARIN

WIE BEN JIJ?

Maak een tekst en tekening over jezelf! Schrijf bijvoorbeeld je hobby's, favoriete eten, snoep, sport en huisdier op. Deze ga je allemaal verwerken in deze tekening.

1 Begin met een schets voor de tekst. Varieer met lettertypes. Uiteindelijk zet je een kader waarmee je de contour van de letters volgt.

2 Trek de buitenlijnen over zodat je ze later in kunt vullen.

3 Het woord *'gonna'* en *'be'* vul je in met zwart. Hiervoor kun je een zwarte stift gebruiken met een dikkere punt.

4 Bij het woord *'who'* maak je alle lijnen die je naar beneden trekt een stuk dikker. De andere lijnen zet je ook extra aan.

5 Als laatste vul je *'I am'* in met zwart. De schaduw laat je wit.

6 Begin nu met het schetsen van de poppetjes. Je kunt overal poppetjes van maken zoals je ziet: van een stuk chocolade, een koffiekopje en een tennisbal.

7 Nu trek je de lijnen van de poppetjes over met een Micron 08.

8 Alle lijnen van de tekeningen zijn overgetrokken, nu gaan we er meer detail in brengen.

9 Maak alle buitenlijnen van de poppetjes een stukje dikker.

10 Vul meteen het zwart in de mondjes van de poppetjes en het zwart van het hoofd van de aap.

IT'S ALL IN THE DETAILS

11 Je ziet hierboven al duidelijk het effect van de dikkere lijnen.

12 Alle buitenste lijnen zijn dikker gemaakt.

13 Nu begin je met de schaduwen in de poppetjes zelf en in de ruimtes tussen de poppetjes.

14 Hierboven zie je hoe de ruimtes tussen de poppetjes opgevuld worden met heel veel stipjes.

15 De schaduwen in de poppetjes zijn getekend. Het koffiekopje heeft lijnen die met het kopje meelopen.

16 Nog meer stipjes. Dit kost veel tijd maar het geeft ook een super mooi effect.

GONNA
BE who
I AM
kings of leon

ALLES KAN!

Tekening van onze oldtimer scooter, een IWL Berlin.

Uit het nummer van de Counting Crows - *Big Yellow Taxi.*

Begin met de tekening in het midden en schets de tekst eromheen. Doordat de tekst met de vorm meeloopt, krijg je altijd een mooi geheel.

Deze tekening heb ik gemaakt na een familiedag waarbij we met oude volkswagen-busjes op pad gingen. Dat was nog eens *in style*!

TEA TIME
with a
BISCUIT
ON THE SIDE
PIGMA
MICRON 08

ANDERE MATERIALEN

Ga eens experimenteren met andere materialen. Krijt, verf of andere pennen. In dit hoofdstuk ga je met verf en krijt aan de slag. En het is zoooo leuk!!

Spelen met dunne en dikke lijnen met een kroontjespen en inkt.

Met krijtstift op een zelfgemaakt krijtbord.

Getekend met een kalligrafiestift: Itoya Doubleheader. Hier zet je eerst alle dikke verticale lijnen en daarna de verbindingslijntjes.

Op zo'n klein krijtbordje kun je elke week weer iets anders zetten. Super om te oefenen!

De tekst is geschreven met een brushpen. Hier kun je zowel dikke als dunne lijnen mee zetten.

FOLLOW THE SUN

Onze muur op de overloop riep al een half jaar naar me of er eindelijk eens iets op kwam... En dankzij dit boek staat er nu ook eindelijk wat op! :-) Voordat je met een muurtekening aan de slag gaat, zorg je eerst voor een goed ontwerp op papier. Deze tekst komt uit het nummer van Xavier Rudd - *Follow The Sun.* Voor dat *instant* zomergevoel!

Is je ontwerp klaar dan meet je eerst de muur op zodat je kunt bepalen hoe groot je ontwerp er op past. Mijn ontwerp is in totaal 90 cm hoog geworden. Zet de maten op je ontwerp zodat je ze bij de hand hebt. In plaats van hulplijnen zette ik stipjes op de muur zodat ik ze ook makkelijk weg kon vegen. Heb je de stippen staan voor de maat dan begin je gewoon. Niet nadenken, voorbeeld erbij en tekenen maar! Bedenk wel dat je je tekening heel makkelijk weer uit kunt 'gummen' met een doek met water en dan begin je gewoon weer opnieuw!

Is een lettervorm niet in één keer goed dan trek je makkelijk een paar extra lijnen om het perfect te maken. De schaduwen in deze letters geven het ontwerp net wat extra samen met de schaduwlijntjes naast de letters.

1 Voordat je aan de slag gaat op je muur, maak je eerst een schets voor je definitieve ontwerp.

2 Bepaal met behulp van hulplijnen het midden van je tekening. Deze punten gebruik je straks ook op de muur.

3 Is je schets helemaal klaar? Trek dan de tekst over met fineliner zodat je een goed voorbeeld bij de hand hebt.

4 Nadat je je ontwerp hebt uitgemeten, begin je vanuit het midden te tekenen met een krijtje.

5 Laat een stukje vrij voor het woord *'the'* en begin met de *'u'* in het midden.

6 Na de *'u'* begin je met de *'s'.* Laat de stukjes vrij in de letter waar de schaduw valt en begin met *'the'*.

7 Teken de tekst *'which'*. Als je deze hebt staan, geef je alle linkerlijnen uit de tekst extra dikte.

8 Zet hulpstipjes voor de tekst *'way'.* Je zet de tekst eerst in lijn op en kleurt het daarna in.

9 Inkleuren maar!

KRIJTEN, NET ALS VROEGER!

10 Teken de basis voor de banner.

11 Zet eerst de tekst erin zodat je de banner nog aan kunt passen qua lengte.

12 Teken de wimpels aan de banner.

13 Geef de banner schaduwlijntjes en zet aan de onderkant een extra schaduwlijn en kleur deze in zoals hierboven.

14 De *'b'* vult de ruimte mooi in onder de banner. Teken de tekst *'blow'* in lijnen...

15 ... en kleur deze ook in. Nu ga je alle detaillijnen zetten zoals hiernaast.

FOLLOW
THE
SUN
WHICH
WAY
THE WIND
BLOWS

SCHILDEREN OP EEN KRIJTBORD

Voor de opening van een pannenkoekenboot heb ik dit bord gemaakt. Hiervoor heb ik een kant en klaar krijtbord besteld met een zwarte lijst. Hier kun je uiteraard ook met krijt op, maar ik heb ervoor gekozen om het met verf te doen zodat het niet uitgeveegd kan worden.

1 Begin met de banner bovenaan met het woord *'pancakes'* erin. Zorg dat je de tekst goed verdeelt.

2 Het woord *'poppies'* past er zo mooi bovenin.

3 Heel soms maak ik gebruik van een liniaal. Zet een hulplijn voor de onderste tekst zodat deze niet schuin wegloopt.

4 Begin nu met de laatst regel *'best in town'* Let weer op je spatiëring.

5 Je ontwerp is nu bijna klaar.

6 Zo ziet de complete schets eruit.

7 Gebruik een witte primer zodat je verf hecht op de ondergrond en een klein kwastje.

8 Je moet er even een beetje handigheid in krijgen, maar je merkt snel genoeg wat het fijnst schildert.

9 Maak een begin met de banner. Werk altijd van links naar rechts (als je rechts bent) zodat je niks uitveegt.

10 Deze lijntjes heb je al geoefend op papier. Met verf werkt het net zo fijn. Zet de lijnen van links naar rechts.

11 Begin met de tekst *'pancakes'* Zoals je ziet maak je alle linkerlijnen meteen dikker zodat je later niet met je hand in de geschilderde tekst komt.

12 Trek liever meerdere lijnen die samen één dikke lijn maken dan in één keer een dikke lijn die misschien scheef gaat. Zo kun je nog wat herstellen.

POPPIES PANCAKES

13 *'pancakes'* staat er bijna op zodat je de banner af kunt maken.

14 Hier zie je hoe ik de *'s'* opbouw. Bij de krul onderaan begin ik van de linkerkant zodat ik de krul beter kan tekenen.

15 Teken eerst je banner af voordat je de onderste lijn tekent. Schilder de schaduw ook aan de banner voordat je met de tekst eronder begint.

16 Deze letters bouw je ook op met meerdere lijnen.

17 Nadat je het woord *'best'* klaar hebt teken je de schaduwlijntjes er links naast.

18 We zijn er bijna! De *'o'* trek je niet in een keer door, maar begin je na de bovenste helft ook weer van links naar rechts.

19 Trek nu een lijn als frame voor je tekst. Het kader van de lijst kun je gebruiken om de juiste afstand vast te houden.

20 De drie blaadjes in de hoek schilder je meteen mee en als laatste zet je de stipjes.

PAS *het* TOE

Nu je al die mooie teksten zelf kunt schrijven ga je ze toepassen op allemaal leuke dingen. Je begint hier met het maken van een verjaardagskaart. En hoe leuk is het om hier straks je eigen twist aan te geven. Laat je leuke, mooie en creatieve kaartjes zien op social media met #paperfuel.

1 Wat heb je nodig: papier; zwart en kraft, schaar, ponsen, lijm(dotjes), witte gelpen.

2 Pons uit het zwarte vel een groot rondje. Uit het kraftpapier pons je een kleinere ster.

3 Snij van het zwarte papier twee repen en knip deze aan de onderkant in, zodat je een bannertje krijgt.

4 Met je witte pen schrijf je nu de naam van de jarige!

5 Op de ene zwarte banner schrijf je 'Van harte' en op de andere komt 'Gefeliciteerd' in twee verschillende lettertypes.

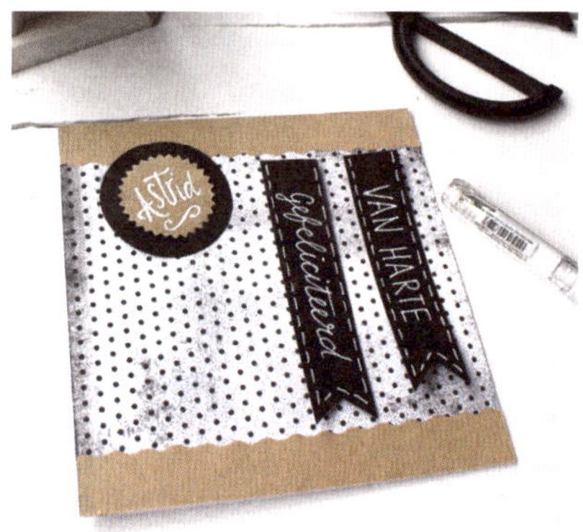

6 De basis voor de kaart kun je ook zelf maken. Het is handig om wat leuke papiertjes in huis te hebben om een witte basis mee te beplakken.

PAS het TOE

MAAK JE EIGEN CADEAUPAPIER

Maak van effen kraftpapier uniek inpakpapier. Zet er een persoonlijk gedichtje op of de naam van de jarige. Bedenk het maar. Zeker weten dat ze verrast zijn!

1 Alles wat je nodig hebt voor dit inpakklusje: pen, papier, plakband, krullint en een cadeaulabel.

2 Leg je papier schuin en begin te schrijven. Ik heb hier gekozen voor dezelfde tekst maar de naam van de jarige kan er ook bij.

3 Je laat het begin telkens verspringen, zodat je niet dezelfde woorden onder elkaar hebt.

4 Meet even globaal hoeveel tekst je moet schrijven om de voorkant van je cadeau helemaal in te pakken.

5 Tekst staat erop! Nu pak je je cadeau in. Ziet er al super uit zo!

6 Pak een stukje krullint (of stoffen lint) en plak deze vast aan de achterkant. Nu pak je een klosje touw en wikkelt deze een paar keer om je cadeau. Label eraan en je bent klaar voor het feestje!

HAPPY BIRTHDAY
THIS ONE'S FOR YOU! • THIS ONE'S FOR YOU!
LOVELY STUFF
Tombow ABT
N15

HANDGESCHREVEN CADEAULABEL

Maak je cadeautje persoonlijk door er een mooi label voor te maken. Hieronder ga je aan de slag met een simpele tekst, maar door de combinatie van de verschillende lettertypes wordt het bijzonder. Een persoonlijke tekst kun je op de achterkant zetten!

1 Schrijf de woorden licht op het label, zodat het straks nog te gummen is.

2 Trek nu de lijnen over met je fineliner.

3 Als je de buitenlijnen hebt staan, wacht je eerst tot het droog is waarna je de potloodlijnen uitgumt.

4 Vul nu de tekst half in. In de bovenste helft komen stipjes.

5 Zet de stipjes in de bovenste helft van het woord *'thank'*. Bij het woord *'you'* krijgen alle lijnen die naar beneden worden getekend een extra lijn.

Zo maak je van een cadeautje heel simpel iets speciaals. Pak het met een mooi papiertje in, doe er een leuk touwtje omheen en zet met een klemmetje het label vast!

PIMP JE NOTITIEBOEK

Ik maakte van dit kartonnen notitieboekje een Paperfuel-notitieboek. Veel leuker om mee te nemen zo! Ga aan de slag met je eigen versie met leuke teksten of tekeningen.

1 Schrijf eerst in potlood de tekst die je er op wilt hebben. Dit kunnen ook één of twee woorden zijn met een leuk kadertje eromheen.

2 Na het schetsen trek je alle lijnen over. Even goed laten drogen voordat je alle potloodlijnen uitgumt.

3 Gaandeweg kijk je welke woorden het beste kunnen worden ingekleurd. Geschreven letters geef je een extra lijntje net zoals bij het woord *'ideas'.*

4 *How cute* is dit notitieboekje? Ik ben heel benieuwd naar jouw kunstwerkjes! #showme #paperfuel

TAFEL CADEAU

Koop een goedkoop tafeltje en schilder deze met schoolbordverf. Voor de indeling van de teksten maakte ik eerst een schets op papier. Het schrijven doe je meteen op de tafel met een krijtbordstift (bijvoorbeeld die van Uni Chalk). Eventuele fouten kun je nog 'gummen' met water. Maar dan moet je er wel snel bij zijn, want als de stift goed droog is blijf je de tekst zien. Het tafeltje kun je met blanke lak aflakken, zodat het goed blijft zitten. Super persoonlijk cadeau!

DAT KAN OOK!

Hoe leuk is dit! Je eigen kerstballen tekenen. Ook een mooi idee om een geschreven kerstbal cadeau te geven.

Maak je feestje helemaal af door zelf allemaal leuke *party props* te tekenen. Zoals *cake toppers* en vlaggetjes voor aan de rietjes.

Zoals je ziet kun je echt alles ondertekenen. Deze hele oude zagen hebben een mooie tekst gekregen met verf.

Met een dikke stift kun je ook heel veel doen. Eitjes koken en tekenen maar. En als er eentje mislukt, dan kook je gewoon weer nieuwe. Eitje toch!

Blij Maakt Blij

Ik hoop dat je met dit boek genoeg inspiratie en ideeën hebt gekregen om zelf aan de slag te gaan!
Probeer elke dag een kleine tekening te maken, zodat je merkt dat je er beter in wordt en er echt lol in krijgt.
Maak iemand blij met een handgeschreven kaartje of kadootje, want blij maakt blij!